ESSAI

SUR

LA CULTURE PRATIQUE,

PAR A. F. BUDIN.

De tout gouvernement la culture est la base;
La paix la fait fleurir, mais l'usure l'écrase.

MADEMOISELLE BUDIN, LIBRAIRE, A CREIL (OISE).

IMPRIMERIE ET LIBRAIRIE D'AGRICULTURE ET D'HORTICULTURE

DE MADAME VEUVE BOUCHARD-HUZARD,

RUE DE L'ÉPERON, 5, A PARIS.

1855

ESSAI

SUR

LA CULTURE PRATIQUE,

PAR A. F. BUDIN.

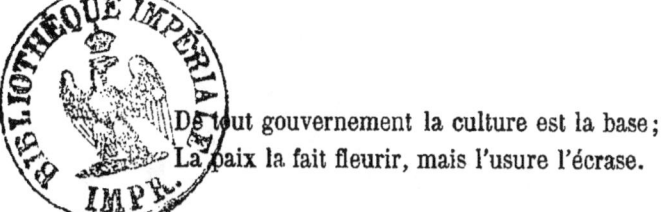

De tout gouvernement la culture est la base ;
La paix la fait fleurir, mais l'usure l'écrase.

MADEMOISELLE BUDIN, LIBRAIRE, A CREIL (OISE).

IMPRIMERIE ET LIBRAIRIE D'AGRICULTURE ET D'HORTICULTURE

DE MADAME VEUVE BOUCHARD-HUZARD,

RUE DE L'ÉPERON, 5, A PARIS.

1855

INTRODUCTION.

Plus courageux que fort , laboureur téméraire
Qui ne parle jamais et ne saurais me taire;
Quand je vois que je peux, sans me rendre importun ,
Connaître franchement l'opinion de chacun
Sur l'art de cultiver dont je fais mon étude.
J'entreprends, en tremblant, le travail un peu rude ,
Quoique déjà compté chez les cultivateurs ,
Habitant au village, inconnu des neuf sœurs ,
De transmettre par vers à la postérité
Quelques enseignements de toute utilité
Sur la plus nécessaire et plus belle science
Dont on n'est pénétré que par expérience.
Que l'on vienne, après moi , censurer, corriger ,
Diminuer mes défauts, embellir, augmenter.
Atteindre le seul but de ma persévérance ,
C'est là ce que je veux pour toute récompense.

DE LA CULTURE.

De la terre en tous points, juge de la nature,
Avant que d'y mener, pour la mettre en culture,
La charrue ou la herse, un des premiers engrais,
Raisonne et réfléchis pour éviter des frais.
Du laboureur avare évite la manie;
Ne va pas cependant avec économie
Pour lui donner à temps ce dont elle a besoin ;
A la mettre en état apporte tout ton soin.
Il faut la dégager de toutes sortes d'herbes,
Choisir, pour la semer, ce qui peut convenir,
Ensuite la saison , si tu veux obtenir
Du grain en abondance et quantité de gerbes.
Sache aussi profiter de tes moindres instants,
Que toujours ton travail s'accorde avec le temps.
La terre a ses défauts comme l'homme a ses vices ,
Et pour l'en corriger il faut des sacrifices.
Eh bien ! essayons donc le moyen d'arriver !
Ce n'est qu'en travaillant que l'on pourra trouver

Son plus petit défaut et le plus grand remède ;
Toujours prête à mal faire, elle a besoin qu'on l'aide.
De sciences combien viennent s'y rattacher
Et quel vaste génie a pu les embrasser.
Par des mains d'ignorants trop longtemps cultivée
Et des charges d'état encore surchargée,
La terre au capital ne peut offrir assez,
Sans que l'usurier ne vienne la sucer.
O terre très-fertile, ô terre généreuse,
La race des humains ne sait se rendre heureuse ;
Elle passe son temps en sotte invention,
Cause de sa misère et de destruction.
Tandis qu'elle devrait changer toutes ses armes,
Pour sécher sa sueur et tarir tant de larmes,
En instruments propres à déchirer ton sein,
Afin d'être toujours à l'abri de la faim.
Ce n'est pas de son sang que tu veux qu'on t'arrose,
Répandu par endroit et à trop forte dose,
Mais d'engrais préparés avec art et grand soin
Sur tes champs disposés, et dont elle a besoin.
Non, tu n'es point marâtre et ne veux pas qu'on t'ouvre,
Pour cacher l'ouvrier dont il te faut les bras.
Humains, réfléchissez, et ne vous trompez pas !
Muse par trop naïve, arrête, je m'égare,
Tu ne t'aperçois pas qu'on va me crier gare,
Parlons toujours culture, ou bien je n'écris plus ;
Oserions-nous traiter de sujets superflus ?
Pourquoi parler ainsi, n'est-ce pas nécessaire ?
Voudrais-tu m'engager encore à te le taire ?
D'écrire presse-toi, car je vais te dicter.
Réfutons les abus, devraient-ils exister !

La terre cultivée amène l'abondance,
Devons-nous la laisser en proie à l'ignorance;
Au travail calculé de l'homme intelligent,
Elle offre des produits mêmes à l'indigent.
Quand le propriétaire a le double avantage
De cultiver le champ qui fut son héritage,
D'où vient donc qu'aujourd'hui, comme au temps des Romains,
On ne voit plus les grands tenir entre les mains
Le frein de deux coursiers traînant une charrue.
C'est que les avocats pullulent dans la rue;
Qu'il est plus agréable au milieu d'un salon
De s'ennuyer un peu que d'ouvrir un sillon.
Ont-ils jamais goûté le délice champêtre
Qui réjouit nos sens en ranimant notre être?
Ont-ils jamais connu, de l'humble paysan,
De l'ouvrier modeste, ou du fier artisan,
Le plaisir, le bonheur que donne la famille
Élevée au village où la vie est tranquille?
Non, mais il a fallu de bien grands changements
Pour qu'on déserte ainsi la liberté des champs.
Laissons là la chicane, arrivons à la ferme,
Car j'ai hâte de voir tout ce qu'elle renferme.
Par une main habile élevée en beaux lieux,
Nous l'avons vu bâtir par un de nos aïeux,
Au milieu d'un terrain de nature diverse,
Où l'on sait recueillir ce que l'esprit y verse.

DESCRIPTION.

Une vaste cuisine abrite l'ouvrier,
Des chambres très-saines reçoivent le fermier ;
C'est à droite et à gauche où sont les écuries.
En équerre, aux pignons on voit les bergeries,
Des granges, de côté, regardent le logis
Surmonté d'un étage, en face du midi.
Une cour d'une assez grande et belle étendue,
Montre à l'œil un jardin agréable à la vue.
On remarque dans l'une un très-grand abreuvoir,
Dans l'autre on aperçoit un fort beau réservoir.
Au nord, est une cour à des porcs réservée ;
A l'est, en est une autre aux poussins conservée.
Les remise et pressoir sont en face placés,
Il reste des détails que je n'ai pas tracés.
On voit dans cette ferme une belle monture
Qui démontre à l'instant une riche culture.
L'ordre et la propreté se rencontrent partout,
Brillantes qualités qu'ont la femme et l'époux.

Ils savent commander, fruit de l'intelligence,
Et faire exécuter, aussi hors leur présence.
Toujours fort bien pansés, ils ont de beaux chevaux,
Des vaches au poil clair et de brillants troupeaux.
Les engrais toujours faits sont conduits sur la terre;
Avec soin répandus, de suite on les enterre.
Cultivateur habile en sait faire le choix,
Puis appliquer ensuite en différents endroits.
La terre, par ces soins, de récoltes foisonne
Dont elle s'embellit avant qu'on les moissonne.
D'un travail bien suivi voilà le résultat,
Que toujours on obtient sur sol en bon état.
De tous amendements tu as la connaissance,
Avec discernement sans cesse les dispense.
Tu dois analyser le terrain que tu as;
S'il est à l'état pur, il ne produira pas.
Revenons à la ferme, à ces riches prairies
Où s'engraissent ces bœufs, l'espoir des boucheries.
Il les fit sur un sol jadis marécageux,
Ce bon agriculteur, des plus industrieux,
Qui sut tirer parti de l'eau dont il dispose,
Pour engraisser ses prés que souvent il arrose.
Il ne se borne pas à récolter du foin;
Les trèfles sont semés, les luzerne et sainfoin,
La pomme Parmentier, carotte, betterave,
Le colza, le navet, la terre qu'on emblave;
A merveille tout croît et pousse avec succès
Sur ce sol préparant aux plantes leur accès.
Savant cultivateur, de la température
Modérant les excès, enrichis la culture.
Tu as sur les coteaux d'abondantes moissons

Qui de rares talents fournissent les leçons.
Une plante sarclée attend les céréales
Dont on admire tant d'espèces végétales.
Une semence pure et choisie avec art
Que tu répands toujours, ni trop tôt, ni trop tard,
Sur un terrain très-propre aussitôt recouverte,
Lève facilement et paraît toute verte.
Sans mélange du tout elle offre ses produits,
Couronnant tes efforts de magnifiques fruits
Que recueille la faux, la sape ou la faucille,
Instruments précieux et d'un usage utile.
N'éprouvant les retards d'un minutieux détail,
L'ouvrier, satisfait d'un aussi beau travail,
Fait entendre des chants précurseurs de sa joie,
En honneur du savoir de celui qui l'emploie.
Laissons les errements de l'homme routinier,
La science est la clef de ce noble métier.
En culture il n'est pas de règle générale
Qui doit assujettir la terre végétale;
Mais le talent, hélas! trop souvent négligé,
En silence périt, tué par le préjugé.
De la variété, tu tires ta richesse,
De produits recherchés pour leur délicatesse.
Tu ne te ressens pas de ces fluctuations
Que nous fait éprouver le défaut d'attentions,
Qui mène le vulgaire auprès de sa ruine,
Guidé qu'il est souvent par la vieille routine.

ÉLOGE.

———

Compagne du fermier , c'est à toi maintenant
Que l'éloge revient pour tant de dévouement;
Car combien de fatigue, encore plus de veilles
Te faut-il endurer pour ceux que tu surveilles !
Tu promènes partout tes regards scrutateurs
Pénétrant le travail de tous tes serviteurs.
Par tes ordres précis et ton exactitude
Tout s'exécute bien , quoiqu'avec promptitude.
Les animaux font voir que tout est fait à point ,
Nourriture et bons soins leur donnent l'embonpoint.
On remarque partout l'ordre et l'économie;
La propreté nous montre un luxe qu'on envie.
Au timbre de ta voix à chacun d'accourir ,
Témoin de la douceur qui se fait obéir.
Tu sais faire beaucoup , soulager la misère
Et près de ta famille être aussi bonne mère.
Combien de tes travaux le prix te devient doux ,
Lorsque tu le reçois des mains de ton époux !

Juste appréciateur de ton rare mérite,
Il aime à te louer de ta noble conduite.
Couple très-satisfait du prix de ton labeur,
Tu goûtes à loisir le plus parfait bonheur.
Consacrant au repos les dimanches et fêtes,
Vous vous montrez alors dans de simples toilettes ;
Et pour honorer Dieu suivant la religion
Vous marquez au bon coin votre génération.
Vous marchez sous l'appui de cette Providence
Qui prodigue au travail le fruit de l'abondance.
Par l'exemple du bien instruisant vos enfants,
Vous recevrez le prix de vos efforts constants.

CONCLUSION.

Le plus grand des héros est le cultivateur,
Cependant il n'est pas au temple de l'honneur.
Il a pour écusson un coq et une poule,
Il porte pour blason le bonheur à la foule;
De tant d'humanité unique possesseur
Et du pauvre orphelin toujours consolateur.
Puis où le voyons-nous à son heure dernière,
Relégué dans un coin du commun cimetière;
Tandis que maint guerrier, du monde destructeur,
En marbre est figuré de toute sa grandeur,
Dans les plus hauts lieux, sur la place publique,
Ainsi que l'enseignait la barbarie antique.
A sa mort on entend, quand il repose en paix,
Raconter à chacun tout le bien qu'il a fait :
Agriculteur modeste, il a pendant sa vie,
En travaillant beaucoup, fait peu d'économie.
Il vit s'appesantir plusieurs fois sur ses champs,
Qu'il a chargés de sueurs et du poids de ses ans,

Les terribles fléaux de grêle et de tonnerre ;
Le plus terrible encore fut celui de la guerre,
Qui lui prit son soutien, en appelant ses fils,
Espoir de ses vieux jours, que la mort a ravis.
Sa femme succomba ne laissant qu'une fille
Réduite à la misère et n'ayant plus d'asile.
O toi qui fus nourri sans cesse de pain bis,
Que n'as-tu pas souffert de te voir sans abris,
Tandis que maint fripon, souillant parfois la terre,
S'hébergeait à loisir et faisait bonne chère !
Quand donc vous verrons-nous, ô pauvres artisans,
Vous reposer en paix de vos travaux cuisants,
Exempts de la misère, en un commun asile,
User tranquillement la vieillesse débile
Qui souvent est réduite à la mendicité ?
Veuillez, vous qui pouvez de la félicité
Dispenser à chacun une petite part,
Le faire maintenant, sans attendre plus tard.
Voyez-vous à grands pas cheminer la misère
Vers ce toit du richard, comme vers la chaumière,
Dans lequel est le vice et d'où fuit la vertu,
Où se plaît l'égoïsme, avide et bien repu ?
Cultivons avec soin la terre et la justice ;
Bannissons de nos cœurs la ruse et l'artifice,
Semons de quoi nourrir et l'esprit et le corps ;
La société doit réparer tous ses torts,
En prévenant le mal, elle évite pour elle
La peine de punir une erreur criminelle.

IMPRIMERIE DE MADAME VEUVE BOUCHARD-HUZARD, RUE DE L'ÉPERON, 5.

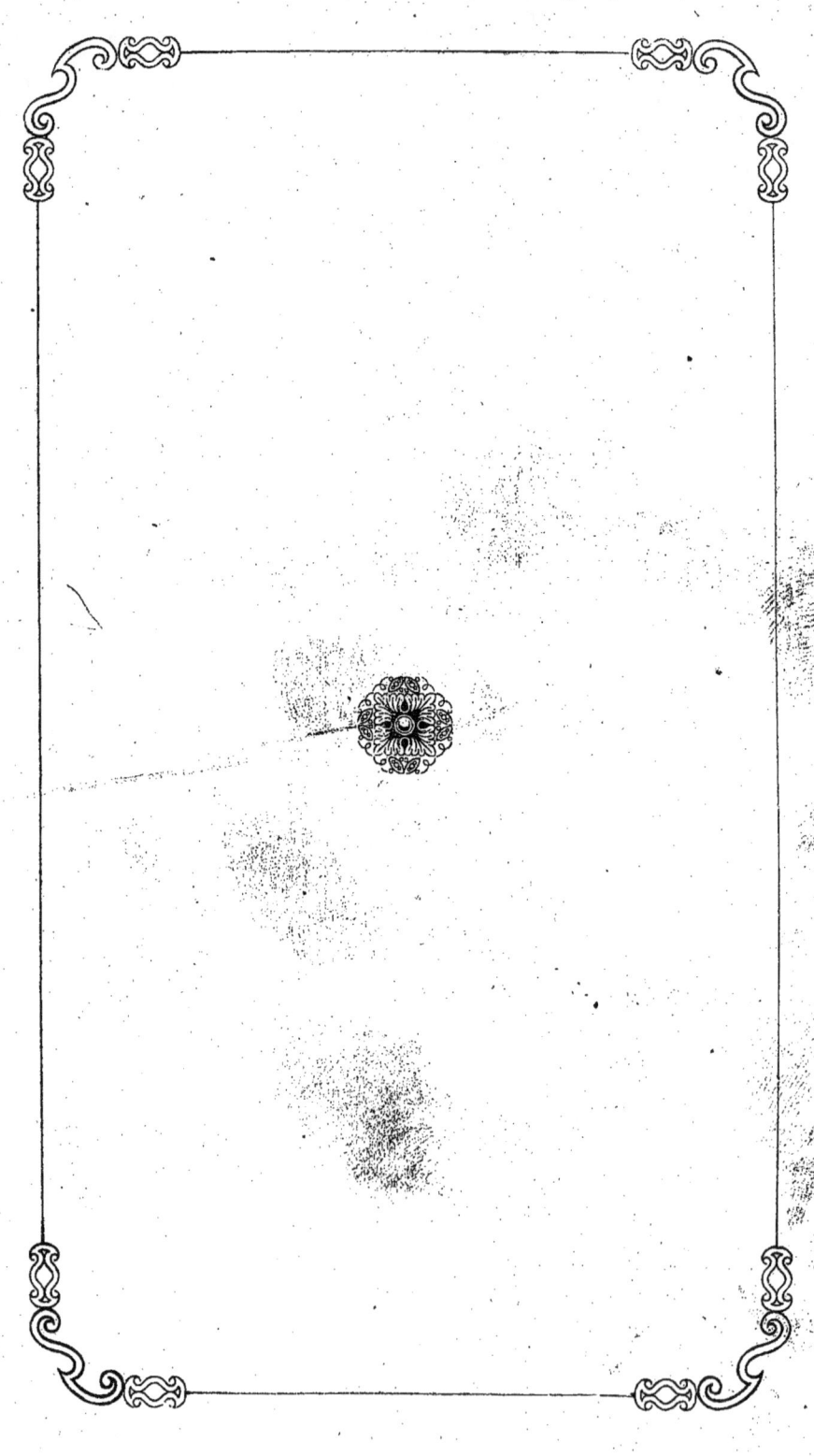

www.ingramcontent.com/pod-product-compliance
Lightning Source LLC
Chambersburg PA
CBHW061525170626

46811CB00004B/1844